ADRYEL

GRÖSSE: 20 METER
GEWICHT: 14 TONNEN

ALS WASSERGIGANT KANN ADRYEL RIESIGE WELLEN ERSCHAFFEN, AUSGETROCKNETE ORTE ÜBERFLUTEN, FELDER WÄSSERN UND ES REGNEN LASSEN.
ER LIEBT ES, SONNENUNTERGÄNGE ZU BETRACHTEN UND MUSIK ZU HÖREN, VOR ALLEM ROCK 'N' ROLL.
DANK ADRYEL KANN SIEGFRIED UNTER WASSER ATMEN UND DAS WASSER MIT SEINEN GEDANKEN BEHERRSCHEN.

CARLSEN COMICS NEWS
Jeden Monat neu per E-Mail!
www.carlsencomics.de
www.carlsen.de

Carlsen-Bücher gibt es überall im Buchhandel und auf carlsen.de.

Völckersstraße 14-20 · 22765 Hamburg
Aus dem Französischen von Marcel Le Comte
LES GÉANTS - TOME 2: SIEGFRIED

Textbearbeitung: Steffen Haubner
Redaktion: Sten Fink
Herstellung: Tobias Hametner

ISBN 978-3-551-79276-1

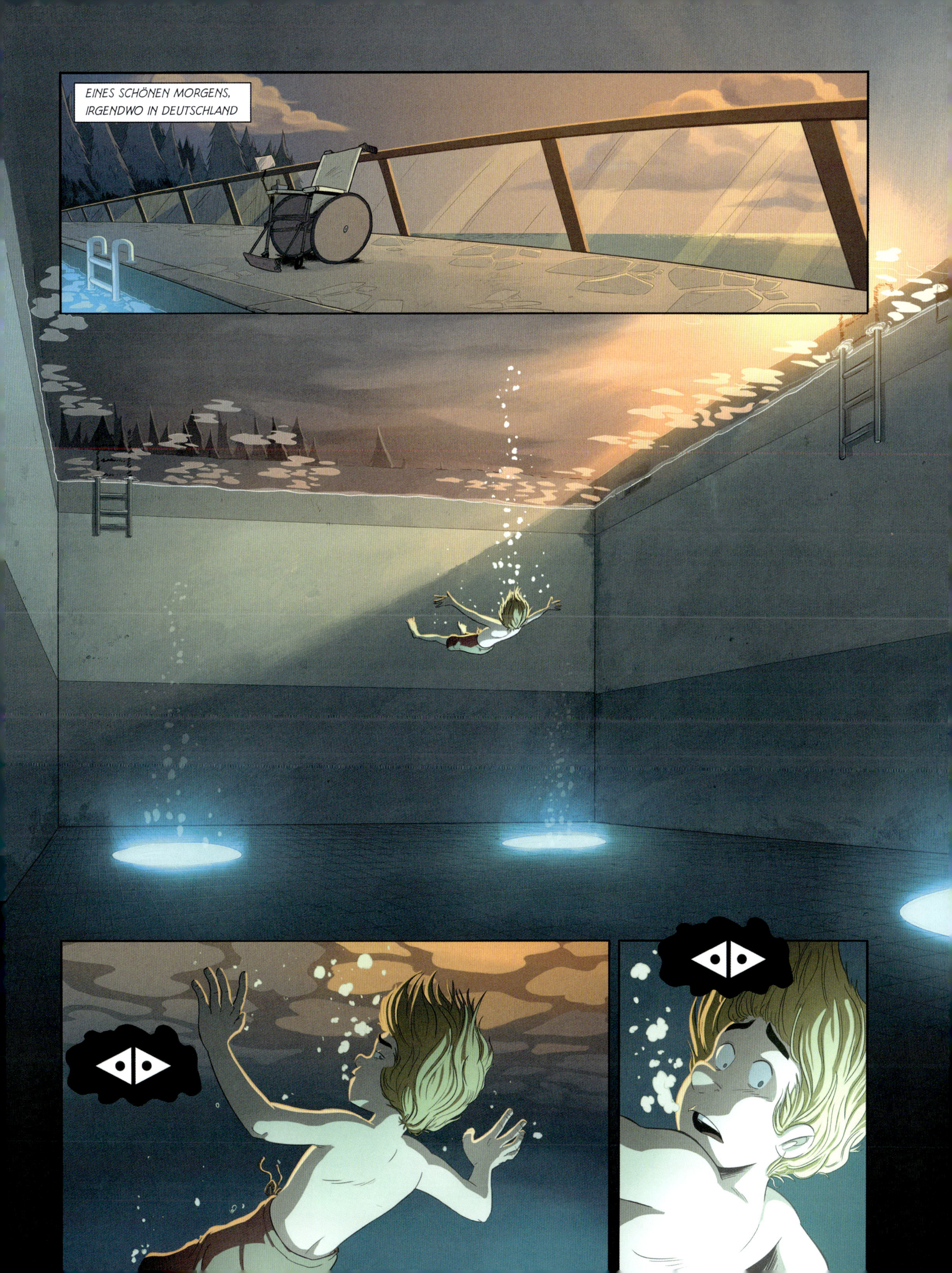
EINES SCHÖNEN MORGENS,
IRGENDWO IN DEUTSCHLAND

Sieg... fried...
Komm... zu mir!
Komm her...
Lass uns eins sein!
TUIT-TUIT
TUIT
TUIT
TUIT
ROOOUUUUUUHHH!!!
?!
TUIT
TUIT
TUIT

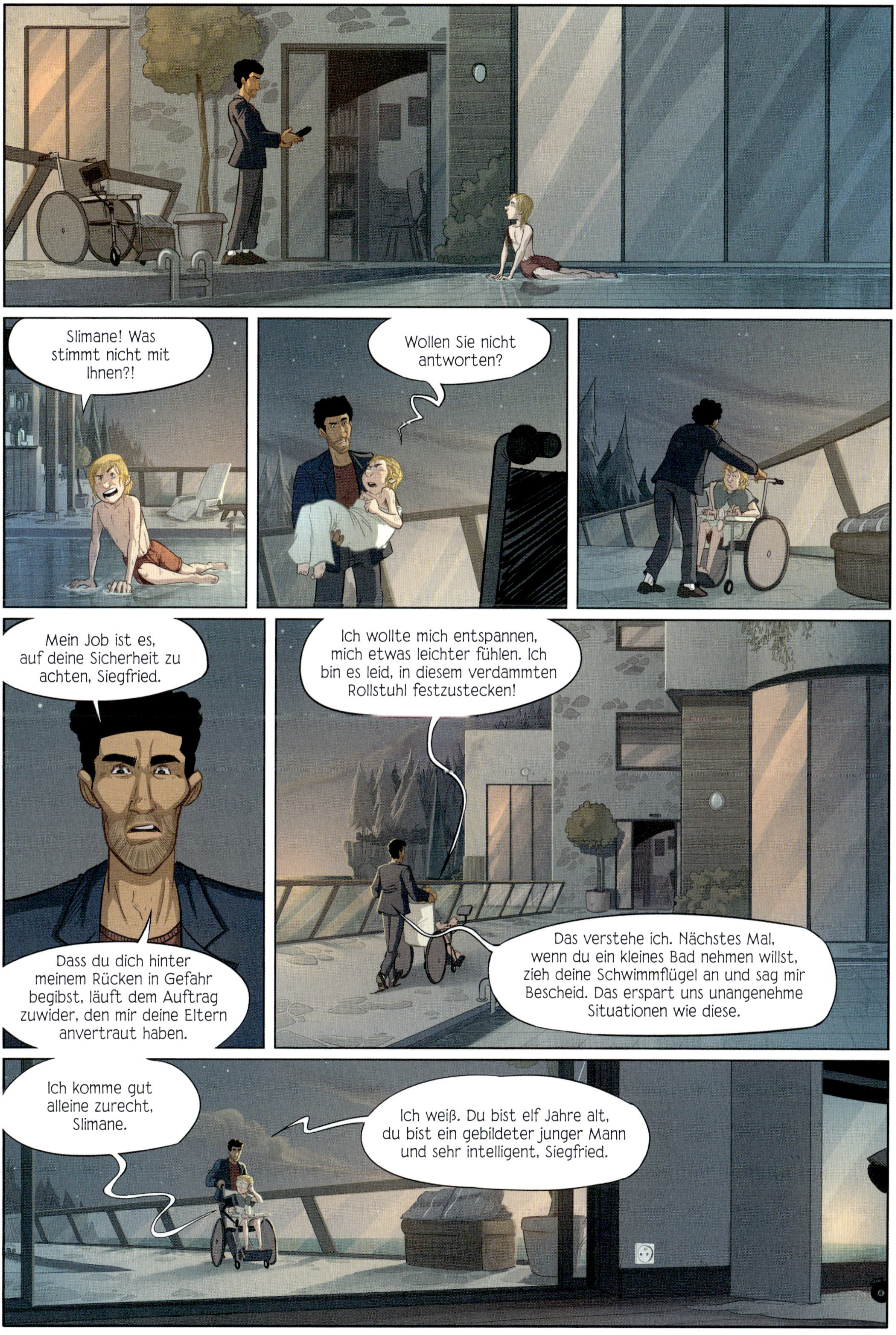

Slimane! Was stimmt nicht mit Ihnen?!
Wollen Sie nicht antworten?
Mein Job ist es, auf deine Sicherheit zu achten, Siegfried.
Dass du dich hinter meinem Rücken in Gefahr begibst, läuft dem Auftrag zuwider, den mir deine Eltern anvertraut haben.
Ich wollte mich entspannen, mich etwas leichter fühlen. Ich bin es leid, in diesem verdammten Rollstuhl festzustecken!
Das verstehe ich. Nächstes Mal, wenn du ein kleines Bad nehmen willst, zieh deine Schwimmflügel an und sag mir Bescheid. Das erspart uns unangenehme Situationen wie diese.
Ich komme gut alleine zurecht, Slimane.
Ich weiß. Du bist elf Jahre alt, du bist ein gebildeter junger Mann und sehr intelligent, Siegfried.

Intelligent genug jedenfalls, um aus deinem Bett zu steigen, geräuschlos dein Zimmer zu verlassen...
... und das Sicherheitssystem des Hauses zu hacken, um einen kleinen Ausflug zu machen.
Mein Tablet!
Ich habe gelesen, dass zu viel Zeit vor dem Bildschirm der Entwicklung von Kindern schadet.
Ich gebe dir dein Tablet zurück, wenn du meinen Anweisungen Folge leistest.
Und was mache ich bis dahin? Haben Sie vergessen, dass ich körperlich eingeschränkt bin?
Das gibt dir nicht das Recht alles zu tun, was du willst, junger Mann.
Versteck dich nicht dahinter! Und beweise mal etwas Einfallsreichtum... In der Lage dazu bist du jedenfalls.

DIE GIGANTEN

2
SIEGFRIED

SZENARIO
LYLIAN

ZEICHNUNGEN
JAMES CHRIST

FARBEN
LORIEN

KÜNSTLERISCHE LEITUNG
STORYBOARD/COVER
PAUL DROUIN

CARLSEN COMICS

Konzentrieren Sie Ihren Geist auf die Steuerung, Herr Crossland.
Genau das mache ich, Colin, was glauben Sie denn?!
Sie haben es geschafft, ihn zu bewegen!
Stellen Sie sich jetzt vor, Sie würden gehen. Das müsste funktionieren.
»Geh!«
CRACK!!
Was machen Sie denn?! Er wird uns zermalmen!
Schluss mit dem Gejammer, Colin! Lassen Sie mich nur machen…

»Komm näher!«
»Setze ein Knie und eine Hand auf den Boden.«
Sie haben es geschafft! Das ist wunderbar!
Dank Ihnen, Colin. Und das ist erst der Anfang unseres schönen Abenteuers, glauben Sie mir.
Wenn die Menschheit von seiner Existenz erfährt, wird diese Kreatur uns Reichtum und Ruhm bescheren.
Die Menschen werden von überall herbeiströmen, um dieses Wesen aus einem anderen Universum zu bewundern.
Wir werden den Weltfrieden durchsetzen!
»Heb mich hoch!«
Warum gehorcht er nicht mehr?
Die Messinstrumente zeigen an, dass die zum Aufladen seiner Energie verwendeten Batterien leer sind, Herr Crossland.

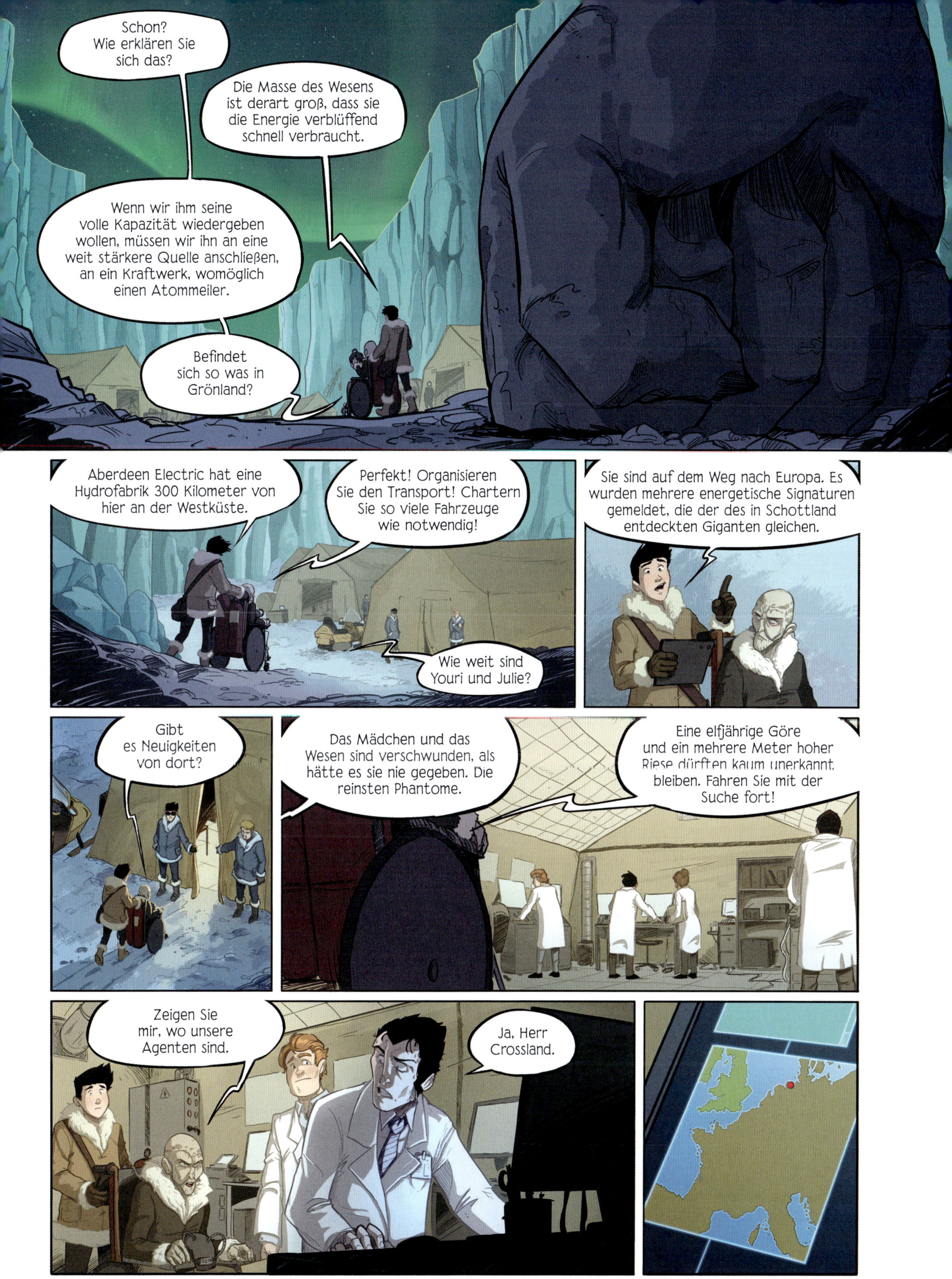
Schon? Wie erklären Sie sich das?
Die Masse des Wesens ist derart groß, dass sie die Energie verblüffend schnell verbraucht.
Wenn wir ihm seine volle Kapazität wiedergeben wollen, müssen wir ihn an eine weit stärkere Quelle anschließen, an ein Kraftwerk, womöglich einen Atommeiler.
Befindet sich so was in Grönland?
Aberdeen Electric hat eine Hydrofabrik 300 Kilometer von hier an der Westküste.
Perfekt! Organisieren Sie den Transport! Chartern Sie so viele Fahrzeuge wie notwendig!
Wie weit sind Youri und Julie?
Sie sind auf dem Weg nach Europa. Es wurden mehrere energetische Signaturen gemeldet, die der des in Schottland entdeckten Giganten gleichen.
Gibt es Neuigkeiten von dort?
Das Mädchen und das Wesen sind verschwunden, als hätte es sie nie gegeben. Die reinsten Phantome.
Eine elfjährige Göre und ein mehrere Meter hoher Riese dürften kaum unerkannt bleiben. Fahren Sie mit der Suche fort!
Zeigen Sie mir, wo unsere Agenten sind.
Ja, Herr Crossland.

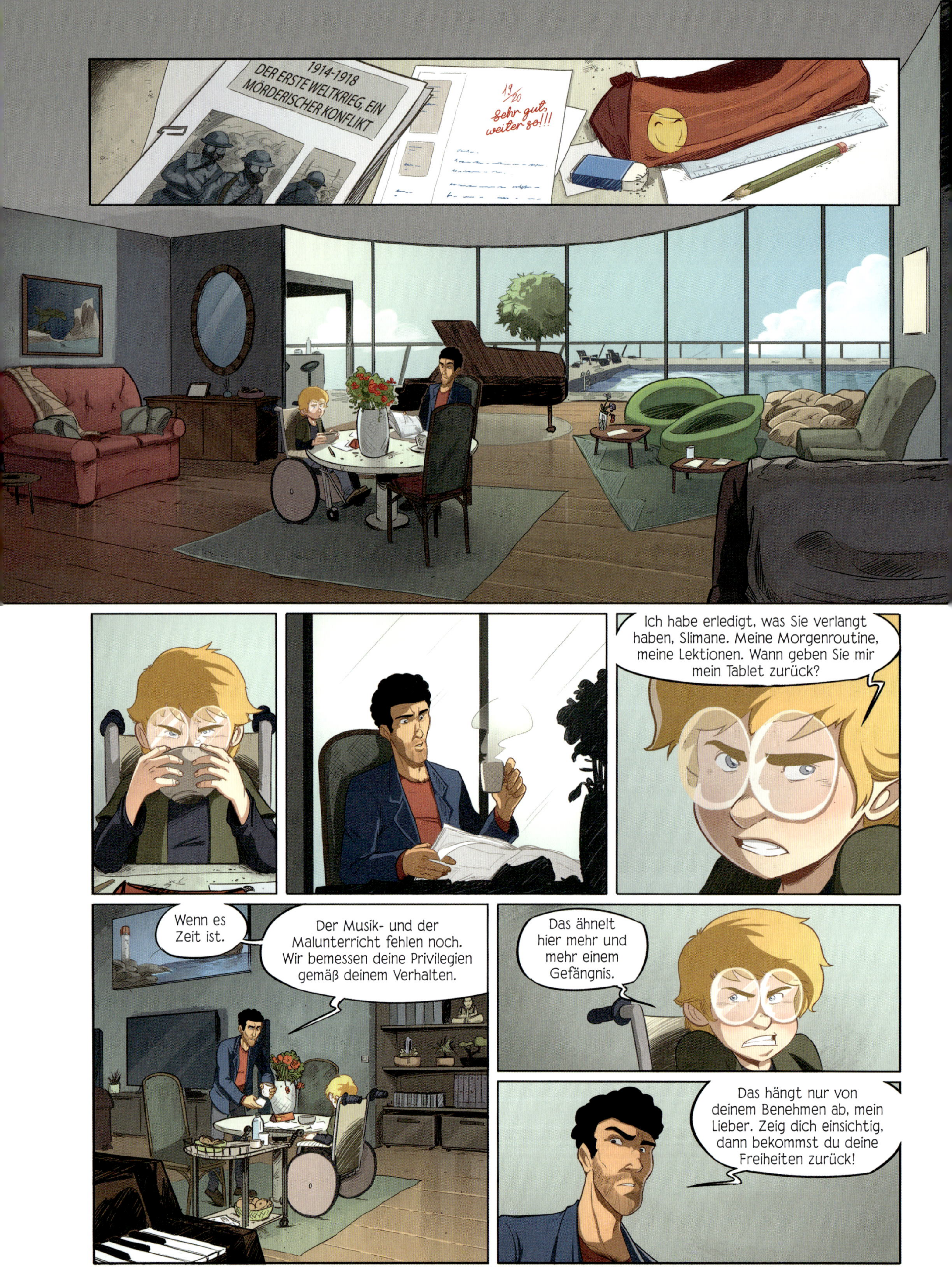
1914-1918
DER ERSTE WELTKRIEG, EIN MÖRDERISCHER KONFLIKT
19/20
Sehr gut, weiter so!!!
Ich habe erledigt, was Sie verlangt haben, Slimane. Meine Morgenroutine, meine Lektionen. Wann geben Sie mir mein Tablet zurück?
Wenn es Zeit ist.
Der Musik- und der Malunterricht fehlen noch. Wir bemessen deine Privilegien gemäß deinem Verhalten.
Das ähnelt hier mehr und mehr einem Gefängnis.
Das hängt nur von deinem Benehmen ab, mein Lieber. Zeig dich einsichtig, dann bekommst du deine Freiheiten zurück!

Irgendwas Neues von meinen Eltern?
Nichts.
Ihre diplomatische Reise in den Jemen wird noch zwei Wochen dauern.
Wir sehen uns um 14 Uhr zum Musikunterricht. Danach machen wir einen Ausflug an den Strand.
DANGER
WOMM!

Mein Benehmen... Dir zeig ich's, Kumpel!
Na, wer ist jetzt der Schlauere?
CLIC
ACTARUS3007: HALLO REBELX, WAS GIBT'S NEUES?
REBELX: WIE GEHABT! IMMER NOCH FLÜCHTIG! HAST DU GESEHEN? DIE HACKER VON RAGEFORLIBERTY HABEN DEN HAUPTSERVER EINER RECHENANLAGE DER FIRMA CROSSLAND GEKNACKT.
ACTARUS3007: DIE FOTOS SIND ETWAS UNSCHARF, SIE WIRKEN WIE VERKORKSTE FOTOMONTAGEN.
REBELX: JA, DAS DIENT SICHER DAZU, IHRE INDUSTRIELLEN AKTIVITÄTEN ZU VERSCHLEIERN. STELL DIR MAL VOR, DAS WÄRE EIN ECHTES LEBENDES WESEN!
RIESIGE KREATUR IN SCHOTTLAND AUFGETAUCHT: HOAX ODER ECHTES BILD?
REBELX: DER AUF DIE HERSTELLUNG VON DROHNEN SPEZIALISIERTE INDUSTRIEKONZERN CROSSLAND WURDE VOR KURZEM OPFER EINER HACKERATTACKE. DIE HACKER DES RAGEFORLIBERTY-TEAMS HABEN DIE NACHFOLGENDEN FOTOS ERBEUTET, DIE EIN RIESENHAFTES WESEN ZU ZEIGEN SCHEINEN. ECHTE BILDER? ODER FOTOMONTAGEN, UM DIE TÄTER ZU TÄUSCHEN? ES BLEIBT EIN RÄTSEL
Siegfried, alles okay?
Ich bin auf dem Klo, Slimane. Kann ich fünf Minuten meine Ruhe haben?
Klar. Entschuldige die Störung.
Was für eine Nervensäge! Der lässt mich nie in Frieden.

Wo waren wir? Ach ja, die Firma Crossland...
ACTARUS3007: SORRY, MEIN HAUSLEHRER MACHT STRESS.
REBELX: DEINE ELTERN SIND IMMER NOCH WEG?
ACTARUS3007: SIE ARBEITEN FÜR DAS AUSSENMINISTERIUM. ZU BESCHÄFTIGT, UM SICH UM MICH ZU KÜMMERN.
REBELX: DAS KENN ICH. HAST DU DAS RIESIGE WESEN GESEHEN?
ACTARUS3007: JA. TOTAL IRRE. DIE BILDER WIRKEN TOTAL ECHT.
REBELX: WENN SICH DAS GANZE ALS ECHT ERWEIST, WERDEN WIR ALLES TUN, UM ES DER BREITEN ÖFFENTLICHKEIT ZU ENTHÜLLEN. BIS DANN.
ACTARUS3007: BIS BALD.
Wenn dieses Wesen wirklich existiert, dann ist es kein Wunder, dass Crossland hinter ihm her ist. Dieses Tierchen gäbe eine fantastische Waffe ab.
Ich würde auch gerne einen so mächtigen Freund haben und frei sein...
Stattdessen bin ich in diesem goldenen Käfig eingesperrt und spiele den Zirkusaffen.

Der Rhythmus, Siegfried, du verlierst den Rhythmus!
Raaah!! So ein Mist, das schaff ich nie!
Das Klavierspielen zu lernen erfordert Härte und Geduld, Siegfried.
Ganz genau! Und beides habe ich grade nicht!
Können wir aufhören?
Auf keinen Fall! Noch mal von vorne!
Befolge meinen Rat, dann wirst du dich rasend schnell verbessern.
Wenn Sie's sagen.
CLANG!!
Der Unterricht ist noch nicht beendet! Wohin gehst du?
Malen! Muss mich abreagieren!

Danke für den Spaziergang, Slimane.
Die frische Luft wird uns guttun.
Kann ich Sie was fragen?
Na klar.
Fühlen Sie sich nie festgefahren, gefangen in Ihren Gedanken, in Ihrem Körper, in Ihrem eigenen Leben?
Wir stecken alle mehr oder weniger fest, Siegfried. In unserer Familie, in der Gesellschaft oder bedingt durch unser intellektuelles oder physisches Vermögen.
Wie ich, wollen Sie sagen.

Du betrachtest deine Behinderung als Bremse. Sie kann aber auch eine Chance sein.
Wie denn das?
Dank ihr hast du eine Charakterstärke entwickelt, eine Zielstrebigkeit, die bei einem Kind deines Alters sehr selten ist.
Meinen Sie wirklich?
Ja. Deine Behinderung hat deine Persönlichkeit geformt und deine Einzigartigkeit geprägt. Du weißt, was du willst, und verteidigst deinen Standpunkt, auch wenn du manchmal über das Ziel hinausschießt.
Danke, Slimane.
Ich habe das Gefühl, dass mich ein anderes Leben ruft. Etwas Größeres, als in diesem leeren Haus zu bleiben. Verstehen Sie das?
Deine Eltern werden bald zurück sein, Siegfried. Ihre Anwesenheit wird dir sehr guttun und deine Einsamkeit ausgleichen.
Diese klare Luft ist ein Segen!
Siegfried!
Komm zu mir, Siegfried!
Siegfried!

Siegfried!
Siegfried!
?

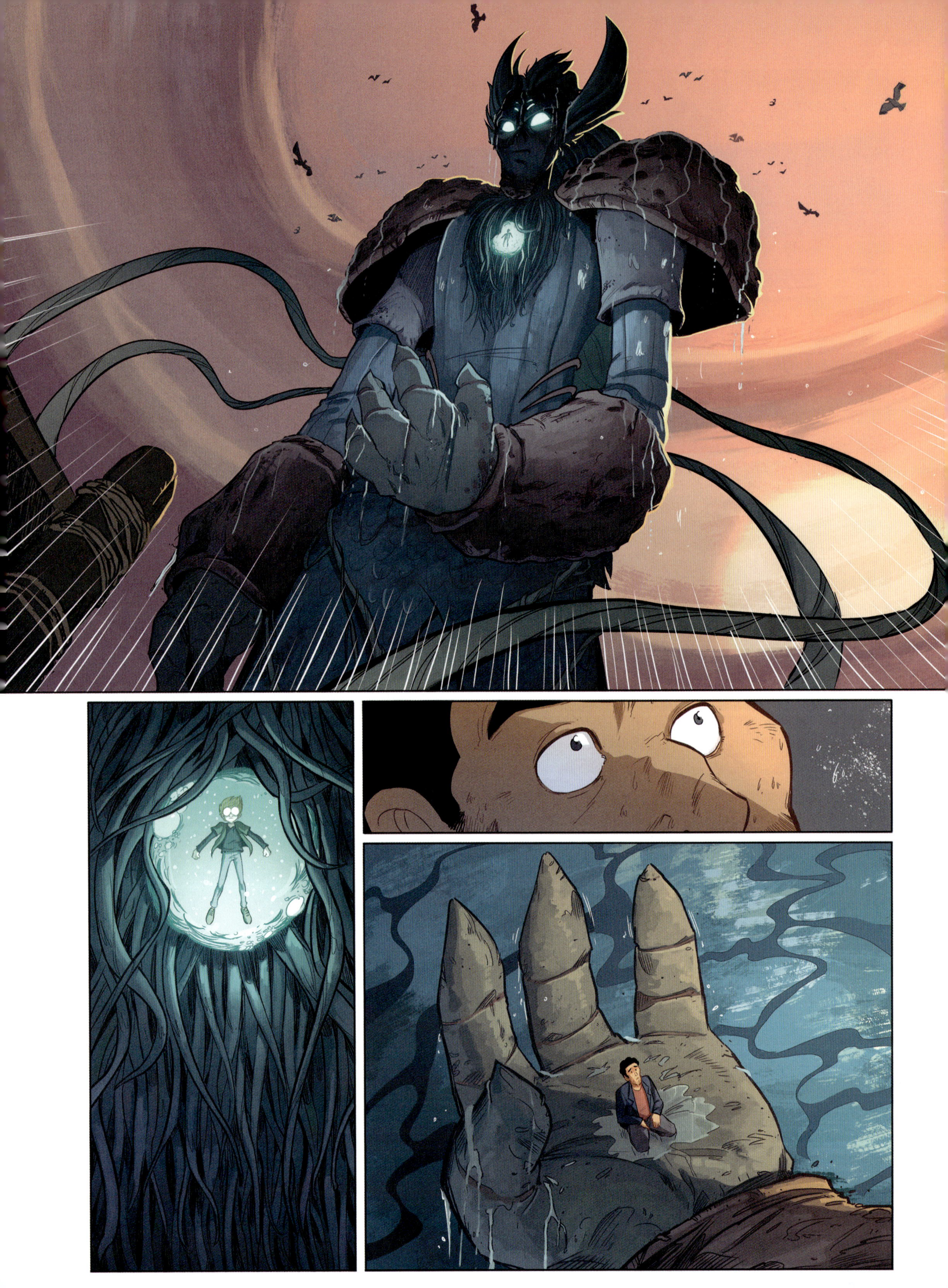

CLIC!
CLIC!
CLIC!
Verrätst du mir, was hier vor sich geht?
Ich hab absolut keine Ahnung, Slimane.

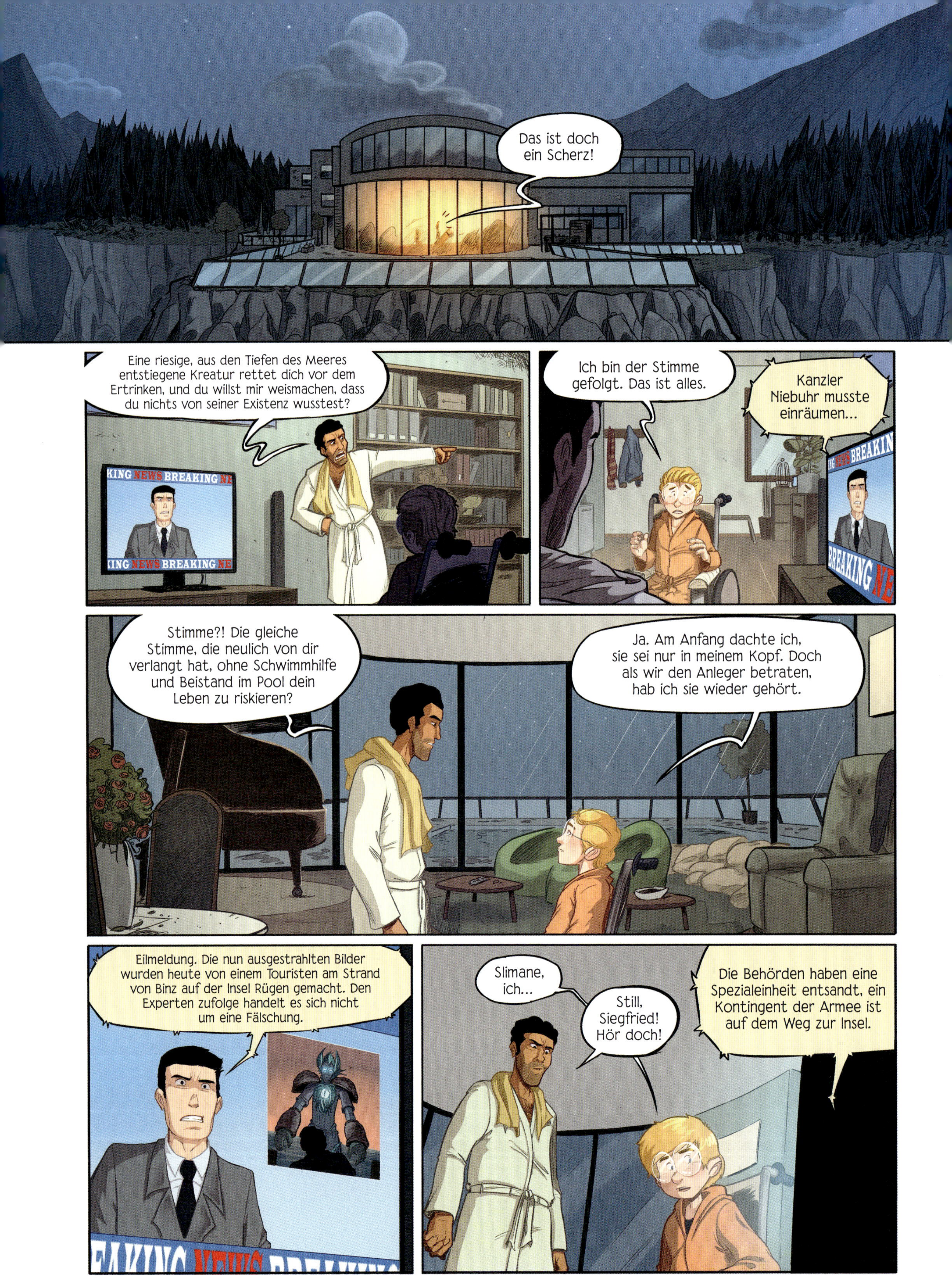
Das ist doch ein Scherz!
Eine riesige, aus den Tiefen des Meeres entstiegene Kreatur rettet dich vor dem Ertrinken, und du willst mir weismachen, dass du nichts von seiner Existenz wusstest?
Ich bin der Stimme gefolgt. Das ist alles.
Kanzler Niebuhr musste einräumen...
Stimme?! Die gleiche Stimme, die neulich von dir verlangt hat, ohne Schwimmhilfe und Beistand im Pool dein Leben zu riskieren?
Ja. Am Anfang dachte ich, sie sei nur in meinem Kopf. Doch als wir den Anleger betraten, hab ich sie wieder gehört.
Eilmeldung. Die nun ausgestrahlten Bilder wurden heute von einem Touristen am Strand von Binz auf der Insel Rügen gemacht. Den Experten zufolge handelt es sich nicht um eine Fälschung.
Slimane, ich...
Still, Siegfried! Hör doch!
Die Behörden haben eine Spezialeinheit entsandt, ein Kontingent der Armee ist auf dem Weg zur Insel.

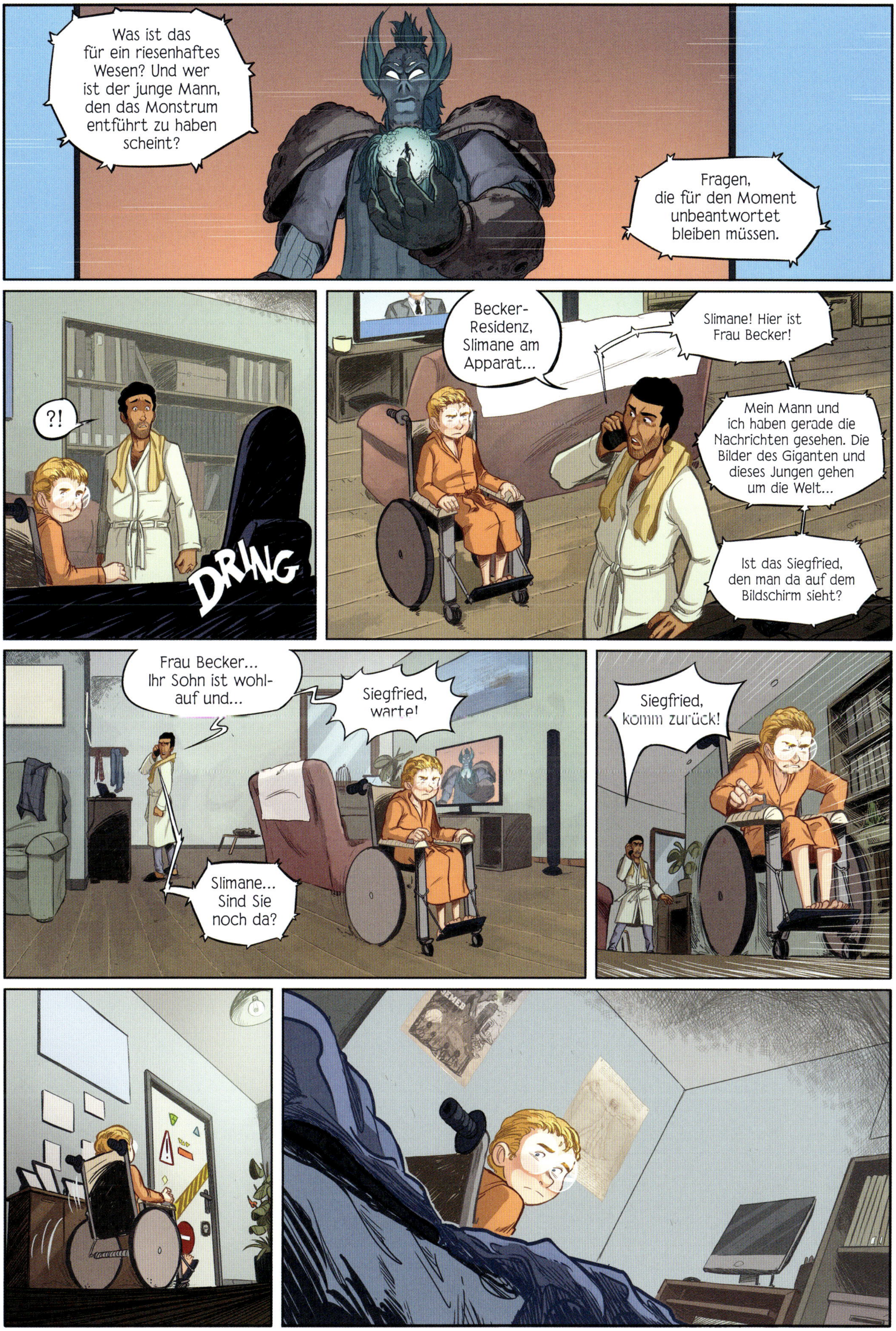
Was ist das für ein riesenhaftes Wesen? Und wer ist der junge Mann, den das Monstrum entführt zu haben scheint?
Fragen, die für den Moment unbeantwortet bleiben müssen.
?!
DRING
Becker-Residenz, Slimane am Apparat...
Slimane! Hier ist Frau Becker!
Mein Mann und ich haben gerade die Nachrichten gesehen. Die Bilder des Giganten und dieses Jungen gehen um die Welt...
Ist das Siegfried, den man da auf dem Bildschirm sieht?
Frau Becker... Ihr Sohn ist wohlauf und...
Siegfried, warte!
Slimane... Sind Sie noch da?
Siegfried, komm zurück!

Siegfried, was ist in dich gefahren?!
Deine Eltern machen sich Sorgen, wir sollten sie zurückrufen.
Vergessen Sie meine Eltern, Slimane! Sehen Sie sich das an!
?
Diese Bilder stammen von Servern des Multis Crossland Corp., spezialisiert auf die Produktion von Rüstungsgütern.
Vor einigen Wochen ist in Schottland ein riesiges Wesen aufgetaucht.
Auch wenn es sich von dem unterscheidet, das wir am Strand gesehen haben, scheint es ebenso mächtig zu sein.
Ich weiß nicht, was da vor sich geht, Slimane, aber ich habe Angst vor dem, was passieren könnte.
TCHOUK
TCHOUK
TCHOUK
TCHOUK
TCHOUK
TCHOUK
TCHOUK
TCHOUK

EINIGE STUNDEN SPÄTER, AN DER DEUTSCHEN KÜSTE
Und die Kreatur?
Ist zurück ins Wasser, nachdem sie uns auf dem Steg abgesetzt hatte.
Deine Story ist echt abgefahren, Actarus3007.
Siehst du was im Fernrohr?
Die Behörden haben schweres Geschütz aufgefahren. Sie suchen nach dem Wesen.
Pendelboote der Küstenwache und ein U-Boot.
Noch etwas?
Sieh gut hin.
Die Leute von der Crossland Corp. sind auch da.
Wusste ich's doch!
Eine rothaarige Frau und ein unangenehm aussehender Typ steigen aus einem Hubschrauber.
Kannst du sie fotografieren?
Ich schick dir das Bild.

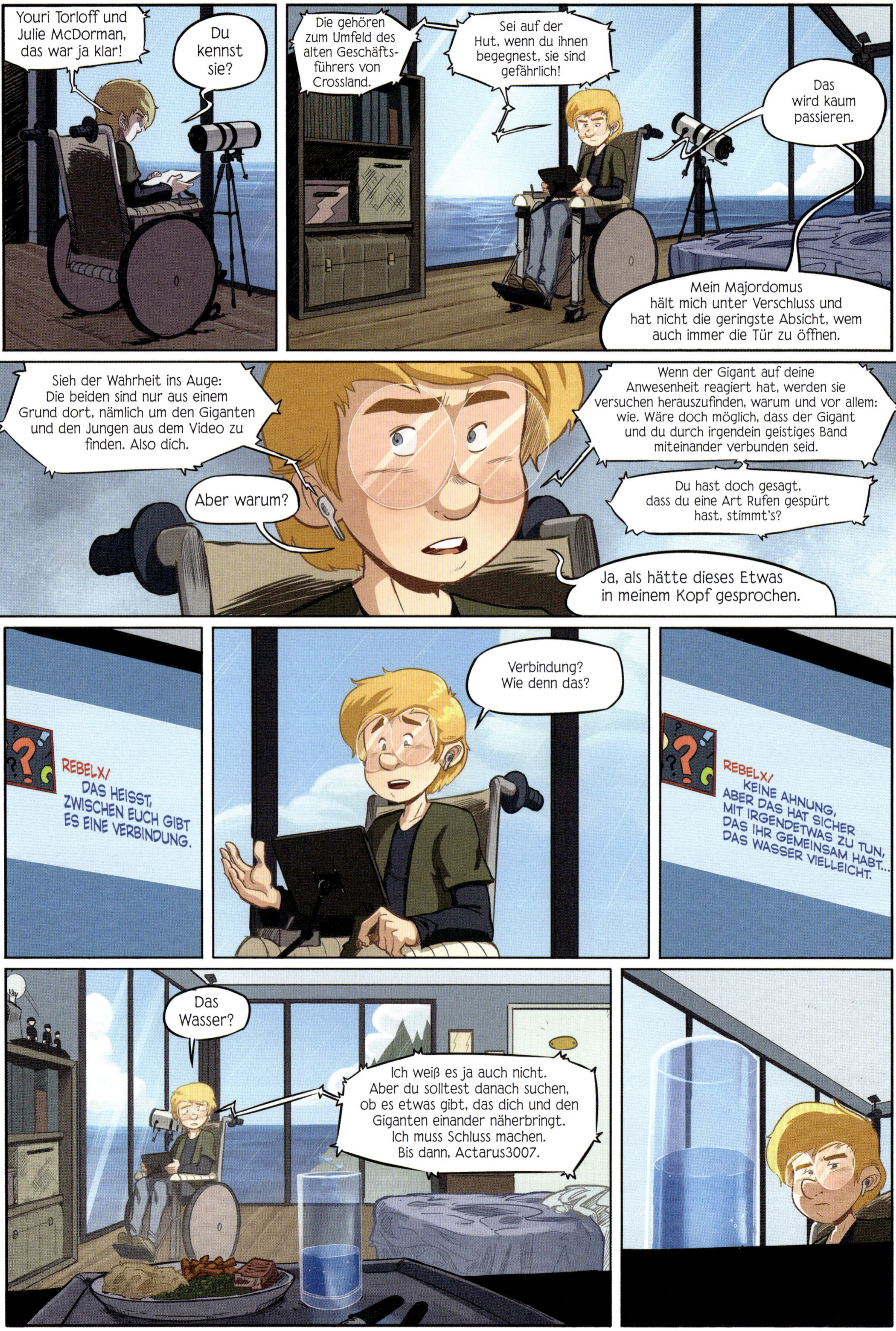
Youri Torloff und Julie McDorman, das war ja klar!
Du kennst sie?
Die gehören zum Umfeld des alten Geschäftsführers von Crossland.
Sei auf der Hut, wenn du ihnen begegnest, sie sind gefährlich!
Das wird kaum passieren.
Mein Majordomus hält mich unter Verschluss und hat nicht die geringste Absicht, wem auch immer die Tür zu öffnen.
Sieh der Wahrheit ins Auge: Die beiden sind nur aus einem Grund dort, nämlich um den Giganten und den Jungen aus dem Video zu finden. Also dich.
Aber warum?
Wenn der Gigant auf deine Anwesenheit reagiert hat, werden sie versuchen herauszufinden, warum und vor allem: wie. Wäre doch möglich, dass der Gigant und du durch irgendein geistiges Band miteinander verbunden seid.
Du hast doch gesagt, dass du eine Art Rufen gespürt hast, stimmt's?
Ja, als hätte dieses Etwas in meinem Kopf gesprochen.
REBELX/
DAS HEISST, ZWISCHEN EUCH GIBT ES EINE VERBINDUNG.
Verbindung? Wie denn das?
REBELX/
KEINE AHNUNG, ABER DAS HAT SICHER MIT IRGENDETWAS ZU TUN, DAS IHR GEMEINSAM HABT... DAS WASSER VIELLEICHT.
Das Wasser?
Ich weiß es ja auch nicht. Aber du solltest danach suchen, ob es etwas gibt, das dich und den Giganten einander näherbringt. Ich muss Schluss machen. Bis dann, Actarus3007.

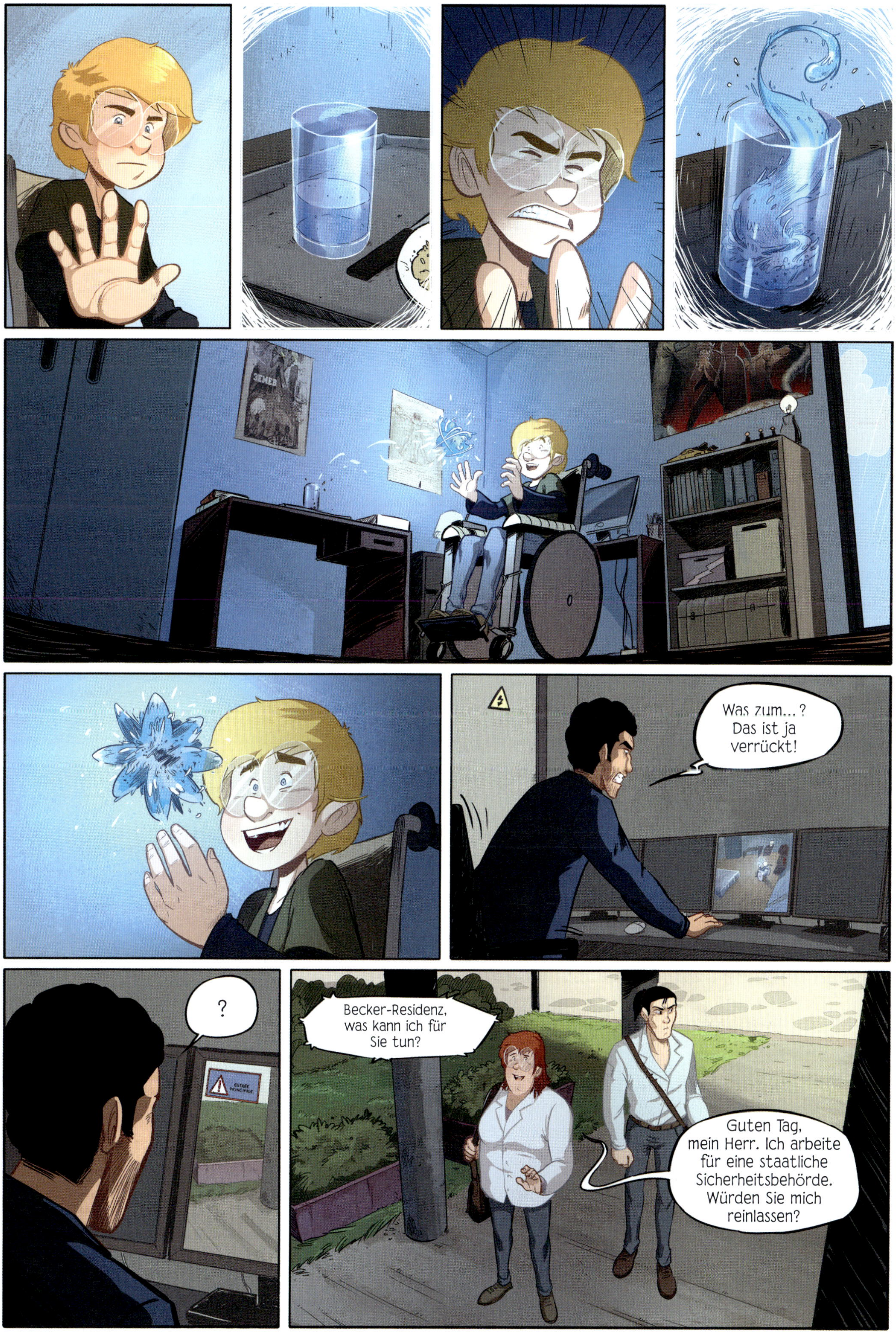
Was zum...?
Das ist ja
verrückt!
?
Becker-Residenz,
was kann ich für
Sie tun?
Guten Tag,
mein Herr. Ich arbeite
für eine staatliche
Sicherheitsbehörde.
Würden Sie mich
reinlassen?

GRÖNLAND
Sie haben keinerlei Recht, dieses Kraftwerk zu beschlagnahmen!
Kontaktieren Sie Ihren Energieminister, er wird Ihnen bestätigen, dass die Crossland Corporation sämtliche Befugnisse besitzt, solang keine anderslautende Order ergeht.
Die Leute, die in dieser Region leben, brauchen Strom! Was machen Sie mit denen?
Das ist nicht mein Problem.
Was kann denn bloß eine solche Aktion rechtfertigen?!
Das werden Sie früh genug herausfinden.
Alles ist bereit, Herr Crossland.
Sehr gut. Schließen Sie ihn an und starten Sie Phase eins.
Ich höre, Julie.
Haben Sie den neuen Giganten lokalisiert?

Nein, Herr Crossland, aber unsere Teams sind in diesem Augenblick dabei, alle nötigen Untersuchungen anzustellen.
Warum stören Sie mich dann?
Wir haben den Jungen aus dem Video gefunden. Ein gehbehinderter junger Bursche namens Siegfried. Er ist der einzige Sohn des deutschen Botschafters im Jemen, Helmut Becker.
Gut. Hat er Ihnen erzählt, wie er in Kontakt mit der Kreatur getreten ist?
Nein, und es wird nicht leicht, ihn dazu zu bewegen.
Wieso das? Es ist doch bloß ein Junge!
Er wirkt schwierig, und wenn er etwas weiß, wird er es uns verheimlichen.
Kontaktieren Sie die Eltern und machen Sie mit ihm die beim Inuit-Jungen eingesetzten Tests.
Erste elektrische Phase überschritten, Herr Crossland.
Fahren Sie mit den nächsten beiden fort.
Phasen zwei und drei überschritten. Wir erreichen den Grenzwert.
Hören Sie nicht auf, Colin.
Das Biest hat Hunger.

Das Kraftwerk hat sein maximales Potenzial erreicht, wir stehen vor einer Überladung.
Vollkommen unwichtig, Colin. Ich denke, unser Freund verfügt jetzt über alle seine Fähigkeiten.
Ist das nicht fantastisch?
Was…?
Die ersten Tests deuten darauf hin, dass Sie mit dem Giganten verbunden sind.
Danke, Colin.
Nun, mein Freund, wie wär's mit einem Spaziergang?

Trotz eines behördlichen Fahr- und Versammlungsverbotes werden die Neugierigen und Schaulustigen hier, auf der Insel Rügen im westlichen Mecklenburg-Vorpommern, immer zahlreicher...
Aus dem ganzen Land strömen die Menschen herbei und wollen mit ihren eigenen Augen das vor 24 Stunden von einem Touristen an diesem Strand gefilmte riesenhafte Wesen sehen.
24
Wie Sie hinter mir sehen können, sondieren militärische Einheiten mit Unterstützung der wissenschaftlichen Teams der Crossland Corporation weiterhin das Meer mit dem Ziel, die im Moment unauffindbare Kreatur zu lokalisieren.
Actarus3007 an Rebelx, hörst du mich?
TOC TOC TOC
Sie ist nicht online...
Siegfried, bist du da?
Herein, Slimane.
Es ist so weit.
Muss das sein?

Finger weg!
Ich kann mit den Tests nicht fortfahren, wenn du dich bewegst, Siegfried.
Ich mache, was ich will!
Ich will Ihre verfluchten Tests nicht machen!
Du hast keine Wahl, junger Mann.
Siegfried, mein Schatz.
?
Mama! Papa!
Tut uns leid, dass wir nicht bei dir sein können, mein Großer.
Wir kennen die Leute von der Crossland Corporation gut, Siegfried, du kannst ihnen vertrauen.
Du musst dich diesen Tests unterziehen. Es ist zu deinem Besten.
Wenn alles gut geht, sehen wir uns nächste Woche.
Okay.

Weise Entscheidung, junger Mann.
Du wirst sehen, es ist nur eine Formalie.
Was ist denn los?
Der Oszillograf zeigt an, dass... Siegfried durch starke Strahlung Schaden genommen hat. Seine Immunabwehr könnte gefährdet sein.
Wir müssen den Jungen mit in unser Labor nehmen, damit er unter Quarantäne gestellt und außer Gefahr gebracht werden kann.
Slimane, tun Sie irgendwas!
Ich...
Diese Frau lügt, Slimane! Sie wissen genau, dass ich nicht in Gefahr bin!
Siegfried? Slimane? Was geht da vor?

Slimane, helfen Sie mir!
Wir werden auch an Ihnen eine Testreihe vornehmen, aus Sicherheitsgründen.
Das wird nicht nötig sein.
?
Lassen Sie das Kind in Ruhe!
Ich denke nicht, dass Sie uns Befehle geben können.
Sie haben angefangen!
BLAM
AAAAAAAAHH!

Was machen wir mit ihm?
Fesselt ihn und lasst ihn hier!
Ladet den Jungen ein und schließt das Haus ab! Ich benachrichtige Crossland.
Wo willst du denn hin, junger Mann?
Hier gibt's keinen Ausgang.
Hören Sie auf, mich herumzukommandieren!
Du bist ein kleiner Rebell, Siegfried. Höchste Zeit, dass du lernst Erwachsene zu respektieren!
Versuchen Sie's nur!

WAMM
SPLASH!!
?!

Und jetzt, Siegfried? Was, glaubst du, wird jetzt geschehen?
Sie und Ihre Männer werden mein Haus verlassen...
Sonst werden Sie eine üble Viertelstunde erleben!
Siegfried, was ist hier passiert?!
Ich hab mich auf- geregt und...
... das Wasser des Pools fing an, sich nach meinem Willen zu bewegen!
Du bist also wie dieses Mädchen in Schottland, das mit dem Giganten ge- flüchtet ist.
Keine Ahnung, Slimane.

Der Gedanke, dich mit diesem… Ding alleinzulassen, gefällt mir gar nicht, Siegfried.
Dieses Ding will mir nichts Böses, Slimane.
Es ist ein Teil von mir.
Jetzt, wo wir vereint sind, fühle ich mich endlich frei!
Tut mir leid, dass ich dich nicht beschützen konnte, Siegfried.
Sie haben sich doch gut geschlagen.
Ihre Karateschläge waren mega!
Was wird mit euch geschehen?
Keine Ahnung, aber eines weiß ich, Slimane.
Du wirst mir fehlen.
Du wirst mir auch fehlen, kleiner Rebell.

Vor unseren Augen spielt sich Verblüffendes ab! Das Wesen, das vor einigen Stunden aufgetaucht ist, hat das Meer verlassen. Sie sehen es hier im Bild.
Ich habe dich so lange erwartet, Siegfried. Ich bin Adryel.
Ich habe das Gefühl, dich schon ewig zu kennen.
Ich war schon vor deiner Geburt da, Siegfried. Ich lag im Tiefschlaf.
Tiefschlaf? Hat dich irgendwas aufgeweckt?
Glaubst du, nur du allein kannst einen Giganten kontrollieren?
?

Wer sind Sie?
Ich bin dein Freund, mein Junge.
Mein Freund?
Also erstens kennen wir uns gar nicht, und zweitens bin ich nicht Ihr Junge.
Sei nicht so unverschämt, Siegfried! Wir sind uns näher, als du denkst, verbunden mit diesen riesigen Wesen aus einer anderen Galaxie.
Wir haben ein gemeinsames Schicksal, die Macht, die Geschichte der Menschheit zu verändern.
Ich bin Calvin Crossland und ich bin mit diesem Giganten verbunden.
Crossland! Ich habe von Ihnen und Ihrer Firma gehört. Ihnen werde ich niemals folgen!

Du lässt mir keine Wahl!
Was wir hier sehen, ist absolut atemberaubend! Es ist nun nicht mehr nur eines, es sind zwei riesige Wesen... Und sie haben einen wilden Kampf begonnen!
VROOUUUUUGUU
SPLACH

BLAM
Du hättest mir gehorchen sollen, Siegfried Becker!
Mein Gigant besitzt Fähigkeiten, die alles übersteigen, was du dir vorstellen kannst.
Adryel! Er wird schwächer...
Sehr gut. Langsam verstehst du, mein Junge! Mein Gigant...
... kann reine Energie absorbieren und sie sich zu eigen machen!
Wenn du mir nicht gehorchen und mir deinen Giganten nicht ausliefern willst, werde ich ihn vernichten.
?!

Interessant.
Wenn der Gigant verletzt ist, erleidet auch der mit ihm verbundene Mensch Verletzungen.
Gib auf, Junge! Gegen mich hast du keine Chance.
So eine Überraschung! Die Schottin Erin Mac Mahon und ihr Gigant!
Vertagen wir die Vorstellungsrunde auf später.

Du hast uns viel Ärger bereitet, junge Dame! Aber damit ist Schluss!
Wer hätte gedacht, dass dieser Tag noch so fesselnd werden würde?
Zwei Giganten zum Preis von einem, da sagt man nicht nein!
Yrso... Ich hab keine Kontrolle mehr!
Siegfried, Yrso... Ich...
Adryel, wir müssen Erin helfen, sonst stirbt sie!
Lass mich nur machen, Siegfried!

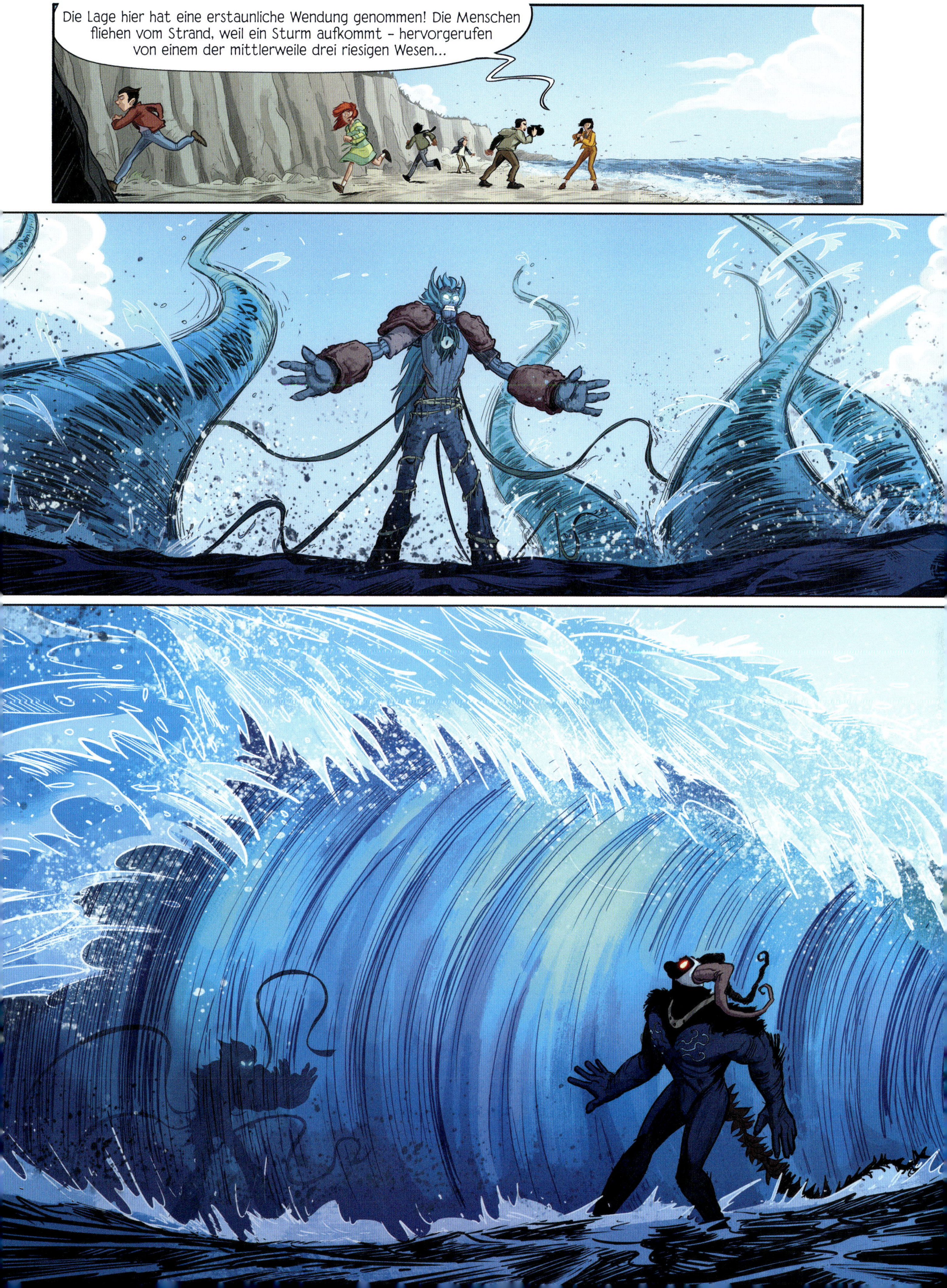
Die Lage hier hat eine erstaunliche Wendung genommen! Die Menschen fliehen vom Strand, weil ein Sturm aufkommt – hervorgerufen von einem der mittlerweile drei riesigen Wesen...

SPLASH!!
Aus welchem Grund reagiert der Gigant nicht mehr auf die Befehle?
Der Aufprall hat seine Ressourcen erschöpft.
Wir haben den Sichtkontakt zu den beiden Subjekten verloren...
Starten Sie die Suche! Weit können sie noch nicht gekommen sein.
Die Entdeckung der physischen Verbindung, die die Kinder zu ihren Giganten haben, ist ein wesentliches Element, das Instrument unseres Sieges, das spüre ich. Rufen Sie unser Labor an, Colin, und kündigen Sie unser Kommen an!
Ja, Herr Crossland.

Zwei Tage nach ihrem Erscheinen, das den Planeten erschüttert hat, sind wir auch weiterhin ohne Nachricht von den Kindern und diesen riesigen Wesen.
Am Hauptsitz der Vereinten Nationen hat Calvin Crossland bestätigt, dass der Gigant, über den er die Kontrolle hat, vollkommen harmlos ist.
Die Regierungen mehrerer Staaten haben außergewöhnliche Maßnahmen angekündigt, um die Sicherheit ihrer Bürger zu garantieren angesichts eines Phänomens, das viele als eine Bedrohung für den Weltfrieden ansehen.
Geht's wieder?
Ja. Ich hatte das Gefühl, als würde Alyphar mein ganzes Leben aufsaugen.
Mir ging es genauso. Ohne dich wäre ich wahrscheinlich tot.
Crossland hätte dich nicht getötet, Siegfried. Alles, was ihn interessiert, ist dein Gigant.
Um was mit ihm zu machen?

Waffen, ihn verkaufen, was weiß ich? Du weißt mehr über seine Organisation als ich.
Die Crossland Corporation hat Verzweigungen in alle Länder. Sie werden uns jagen, wie auch die Regierungen, die uns für gefährlich halten. Sie werden die Kontrolle über die Giganten übernehmen wollen.
Deshalb haben wir uns also an deine Hacker-freundin gewandt. Bist du sicher, dass sie kommen wird?
Wenn es jemanden gibt, der uns helfen kann, dann ist es Rebelx.
Denkst du, es gibt weitere Giganten?
Wir werden es bald wissen.
Yrso hat mir erzählt, dass sie mehrere seien und dass sie erwachen werden.
Crossland ist in der Lage sie aufzuspüren. Er wird versuchen, die Kontrolle über sie zu erlangen. Wir müssen sie vor ihm finden.
Und Alyphar? Wie hat er ihn in seine Gewalt gebracht?
Ich weiß es nicht. Es gibt noch so viele unbeantwortete Fragen.
Erin, Siegfried, hier drin ist es dunkel und kalt.
Müssen wir noch lange versteckt bleiben?

Tut uns leid, dass wir euch das aufbürden müssen, Freunde. Aber im Moment darf niemand auf uns aufmerksam werden.
Das verstehen wir, Erin.
Aber die Zeit verstreicht und Alyphar wird immer mächtiger werden, wenn wir nichts unternehmen.
Wir warten auf eine Freundin, Yrso. Eine Menschenfrau, die uns helfen wird.
Das sind gute Nachrichten. Und jetzt erfrischen wir uns!

Fortsetzung in Band 3: Bora und Leap

SIEGFRIED IST EIN EBENSO BRILLANTER WIE EIGENSINNIGER JUNGE. SEINE VERBINDUNG ZUM WASSER ERINNERT UNS DARAN, WIE WICHTIG DIESES ELEMENT FÜR UNSERE WELT IST.

IM NÄCHSTEN BAND LERNT IHR

BORA UND **LEAP**

KENNEN. DIE ZWILLINGE SIND STRASSENKINDER UND WERDEN HERAUSFINDEN, DASS SIE MIT DER GIGANTIN

KYMA

VERBUNDEN SIND, DIE DIE GESAMTE WELTGESCHICHTE KENNT.

DAS ABENTEUER GEHT WEITER FÜR DIE KINDER UND IHRE GIGANTEN!

SEID GIGANTISCH!